Direction générale : Gauthier Auzou
Responsable éditoriale : July Zaglia et pour la présente édition : Maya Saenz
Mise en pages : Alice Nominé
Responsable fabrication : Jean-Christophe Collett – Fabrication : Nicolas Legoll
www.auzou.fr

Boucle d'Or et les trois ours

D'après le conte des frères Grimm
Illustrations de Marie Morey

AUZOU

Il était une fois une petite fille qui avait de longs cheveux blonds, tout dorés, et qui s'appelait Boucle d'Or. Elle habitait avec sa maman dans une jolie maison au bord de la forêt. Un jour, elle dit à sa maman :

« Je vais aller me promener, et je te rapporterai de belles fleurs que je cueillerai spécialement pour toi.

– Si tu veux, Boucle d'Or. Mais fais attention, ne va pas trop loin ! Tu pourrais te perdre ! »

Boucle d'Or mit son panier sous son bras et partit.

Elle commença à cueillir de belles marguerites.
Puis, un peu plus loin, il y avait des bleuets.
Et encore plus loin, des coquelicots ! En courant de fleurs
en fleurs, Boucle d'Or finit par perdre la notion du temps…
Soudain, elle arriva devant une jolie maisonnette.
Elle frappa à la porte, pas de réponse…
Curieuse, elle entra.

À l'intérieur, au milieu de la pièce, il y avait une grande table avec trois assiettes de soupe au miel qui sentaient très bon : une grande assiette, une assiette moyenne et une toute petite assiette. Autour de la table, il y avait trois fauteuils qui avaient l'air très confortables : un grand fauteuil, un fauteuil moyen et un tout petit fauteuil.

Boucle d'Or s'assit sur le grand
fauteuil mais il était trop dur,
elle était mal installée.
Elle essaya le fauteuil moyen,
mais le coussin était trop mou
et elle glissait. Alors, elle se mit
sur le tout petit fauteuil, mais
elle était trop lourde, les pieds
du fauteuil se cassèrent
et elle tomba par terre !

Ensuite, elle voulut goûter la soupe : la grande assiette était brûlante, l'assiette moyenne encore trop chaude, mais la petite assiette de soupe était parfaite et Boucle d'Or la but entièrement. Plus tard, comme elle était très fatiguée, elle voulut se reposer.

Elle monta donc dans la chambre où elle vit trois lits :
un grand lit, un lit moyen et un tout petit lit. Elle essaya le grand
lit, mais il y faisait trop chaud, elle n'était pas bien.
Elle essaya le lit moyen, mais la couverture la grattait, et elle
n'arrivait pas à s'endormir. Elle se coucha alors dans le tout petit
lit, et comme elle y était très bien, elle s'endormit profondément.

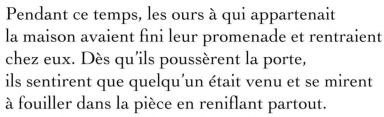

Pendant ce temps, les ours à qui appartenait
la maison avaient fini leur promenade et rentraient
chez eux. Dès qu'ils poussèrent la porte,
ils sentirent que quelqu'un était venu et se mirent
à fouiller dans la pièce en reniflant partout.
« On a bougé mon fauteuil, s'exclama Papa Ours
de sa grosse voix.

– On a touché à mon coussin, cria Maman Ourse
avec sa moyenne voix.

– Regardez, on a cassé ma chaise », dit Bébé Ours
en pleurant avec sa toute petite voix.

Puis, ils s'approchèrent de la table.
« On a léché ma cuillère, grogna
Papa Ours avec sa grosse voix.
– On a touché mon assiette,
dit Maman Ourse de sa moyenne voix.
– Regardez, on a mangé toute ma soupe,
je n'ai plus de repas », pleura Bébé Ours
avec sa toute petite voix.

Les ours montèrent alors dans leur chambre.
Papa Ours renifla, et grogna de sa grosse voix :
« On s'est couché sur mon oreiller !
– Et on a tiré ma couverture, dit Maman Ourse
avec sa moyenne voix.
– Regardez, regardez, il y a une petite fille endormie
dans mon lit », cria Bébé Ours avec sa toute petite voix.

Quand Boucle d'Or entendit les voix, elle ouvrit les yeux.
En voyant ces trois ours penchés au-dessus d'elle, elle eut
très peur. Vite, vite, elle sauta du lit, enjamba la fenêtre
et s'enfuit vers la forêt. Elle rentra chez elle en courant
sans se retourner, et les ours ne revirent plus jamais
Boucle d'Or dans leur maison de la forêt !